句集

HIGH★QUALITY

俳句折亭《はいくおりてい》

龍太一

Ryu Taichi

飯塚書店

青き龍天に登るを瞻《あふぎ》みる

龍太一

註、P172「附言3」のご参照を乞う。

宇宙と交感する思想——序に代えて

龍太一氏に初めてお会いしたのは二〇一九年一二月、ＮＨＫ学園主催の「冬の陸奥に高野ムツオを訪ねて」とのタイトルの旅であった。第一日目は中尊寺、義経堂に詣で、一関のホテルで句会を楽しんだ。氏の和服に二重回しという出で立ちが同行者の目を引き、句材にもなっていた。

光堂よりみちのくは凍て初むる
ふる雪は飛天のみたま光堂

その折の作である。すでに言葉に風姿が備わっている。これは、昨日今日の技法修練で身につくことではない。表現の練磨はむろん、人間としての生き方、経験が物を言うからである。一句目からはみちのくとはどんな土地であるかという問いへの確たる認識を受け止めることができる。「光堂」の光は戦禍の果ての冤霊鎮魂と永劫平和との祈りの象徴である。しかし、建立の七十年後、その光は富の象徴として、時の権力者の迫害に遭い、血で血を洗う争いを再び招くことになる。この句はそうした苦難のみちのくの時空を凝視する深いまなざしから生まれた。光堂に参内する前日あたり小雪が降っていた。それを天華を撒きながら虚空を舞う飛天の魂と見て取ったのが二句目である。ここにも蹂躙され差別されるみちのくへの作者の祈りが込められている。

太一氏は二十歳を迎えた頃、病を得たことをきっかけに俳句にいそしむようになった。そして、十年後、心酔していた飯田龍太の「雲母」の門を叩いた。ほどなく雲母「作品」欄の準巻頭を占めていることからも、その早熟の才能と資質の豊かさを窺うことができよう。だが、訳あって俳句離脱を余儀なくされる。再開が可能になったのは二十年後。だが、すでに「雲母」は終刊してしまっていた。氏の慚愧と悔恨は如何ばかりだったろう。その後、氏が発表の場として選び取ったのがＮＨＫ全国俳句大会への投句であった。二〇一五年には雲母系の「郭公」へも復帰を果たし井上康明の薫陶も受けるが、それでもＮＨＫ全国俳句大会が俳句情熱を傾ける中心となった。本集もそこで発表された作品がベースとなっている。一般論で言えば、こうした大会の選者は十数名に及び、それゆえ推奨される作品は多様な価値観が反映されるので、そこで選ばれた句を中心に一集にまとめると作者の統一された姿が見えにくくなってしまう。だが、少なくとも本集に限っていえば、その心配は不要である。作者の表現姿勢がすでに確立されているからだ。選者に迎合した作り方ではないのだ。それは本集を手に取れば、誰もが納得することだろう。
氏との二度目の出会いは、翌年のＮＨＫ全国俳句大会での壇上だった。私の特選が

天体は大きな柩渡り鳥

であった。選評は別掲されているので、繰り返さないが、ここには人間のみならず、この地上に生きとし生けるものへ注ぐ慈愛のまなざしがある。さらに宇宙さえもやがて命終の日を迎えるとの深い洞察に基づく生命観がある。宗教観と言ってもいい。世界とは目に見えない柩であると認識することで初めて知る命の大切さがある。

同年の神野紗希特選の

火星大接近山蟻畳這ふ

同じく髙柳克弘特選の

人類の化石は未完天の川

も、氏の本領が発揮されている。大宇宙と小さな星の一粒に過ぎない地球の生き物との交感である。どちらも十七音のミクロに無限のマクロの世界が表現されている。

氏との三度目の出会いは昨年十一月、北上市の日本現代詩歌文学館の「俳句のつどい」であった。コロナウイルス禍の中、わざわざ足を運んでくれたのであった。そんな縁から小熊座にも句を寄せてくれるようになった。

銀漢は水のみなもと初硯

これからも、言葉の筆にたっぷりと銀河の水を含ませて、氏がどんな世界をさらに自在に描いてくれるか、楽しみにしているところだ。以下に触れ得なかった佳句をいくつか紹介し、さらなる加餐を願い、第二句集上梓の祝意に代えることにする。

赤子長睫毛子山羊も馬の子も
春のあけぼの赤子にも草木にも
生きてゐる限りの浮力蝶にあり
白牡丹羽化のごとくに開花せり
翅脈暗緑みちのくの蟬骸
火口湖は地球のまなこ鳥渡る
硯海のやうな東京灣に月

木枯に一途の目鼻ありにけり
木枯の泪のやうな岬の灯
羽毛にはまだ浮くちから鴨翫る

二〇二一年（令和三年）五月

虹洞書屋　高野ムツオ

句集 HIGH・QUALITY

（俳《はい》句《く》折亭《おりてい》）

—ＮＨＫ全国俳句大会入選俳句集成（２）ほか—

第20回大会～第22回大会

目次

句集

HIGH・QUALITY

俳句折亭《はいくおりてい》

龍　太一

出発《たびだち》

『雲母』 飯田龍太選 「作品集」

準巻頭 四句の内二句

夏蚕《なつご》飼ふ露に茜のさすところ

夜涼ふと柾目の杉の香をおもひ

〔評言〕

夏蚕は春蚕についで七月から八月の盛夏の業。きびしい暑さであるが、この作、どこか涼気がある。つまり暑中とはいえ朝夕は冷気のただよふ山中の集落風景か。

ただ、この作品で注意を要するところは、この句に臨場感が無いことだ。夏蚕に精魂をつくす人のなまなましい実感からはやや距離がある。「露に茜のさすところ」はいわば追想の措辞と見るべきで、朝露に茜さす在所、そんな表現ではないか。勝手に想像を伸ばすなら、私はこの句は、作者が生まれ故郷の記憶を辿って生み出したような気がする。多分いまどきは、故郷では夏蚕のさかりではないだろうか、あの畑の径に桑摘む姿、そしていち早く花をつけた露草の花に宿る朝露。折から山の端をそめる茜色の雲。「露に茜のさすところ」はそんな感傷を秘めて胸中にまざまざとよみがえった景と思う。

—飯田龍太著「鑑賞歳時記」第二巻 夏（角川書店刊一九九五年五月二十五日発行）所載—

註、雲母所載当時、著者は「石井火一郎」なる筆名で投句していた。

第一部「遠きともしび」

第二十回（平成三〇年度）
NHK全国俳句大会入選俳句

☆特選

木枯の泪のやうな岬の灯

夏井いつき　特選

「木枯の泪」＝木枯の冷たさに滲む我が泪だと思った瞬間、「〜のやうな」という鮮度の高い比喩が出現する。木枯自身の泪であるかのような「岬の灯」は、灯台だろうか。荒星のような硬質の光源が「木枯」に研がれるように揺れる。海も匂い立ってくる冷たい夜だ。

◎秀作

赤子長睫毛子山羊も馬の子も

正木ゆう子選　小澤　實（佳作）選

衣《きぬ》を脱ぐ蛇にあらたな天地あり

稲畑廣太郎選

卵嚢をかかへ佛間に出づる蜘蛛
堀本裕樹　選

凩や死の瞬間も爪伸びん
堀本裕樹　選　高野ムツオ（佳作）選

◎佳作

用水を火が舐めにくる野焼かな

稲畑廣太郎選

卒業の泪押し出す泪あり

小澤　實・星野高士選

棚田段々春星の解放区

高野ムツオ・髙柳克弘選

回り疲れて賣れのこる風車

西村和子選

夏シャツの貝殼釦公務執る

岸本尚毅選

消してまた点けて夜明けの夏灯

岸本尚毅 選

死者になほこの世の暦盆用意

髙柳克弘・寺井谷子 選

全國の正午の時報終戰日

大串 章 選

◎入選

火に焦げてゐる堤防の蕗の薹

弔問の墨薄く磨り冴返る

貝殻の内部《うち》は虹色涅槃西風

生誕は死出への門出紫木蓮

西行も芭蕉も過客鳥雲に

みちのくへ走る連山鳥雲に

三月が來たる麵麭燒く香とともに

文明の夜明春曉にも似たり

武蔵野の空をしたがへ奴凧

富士小さく置く武蔵野の凧の空

秩父から甲斐へ春雷兜太の計

紀伊沖に潮噴く鯨涅槃像

紙折つて靴べラ替り花見茶屋

生きてゐる限りの浮力蝶にあり

天空を餘さず使ひ春の鳶

畦塗りし泥に夕日は金塗《まぶ》す

ことごとく花を讃へる國土かな

一筋の白を鼻梁に仔馬生《あ》る

ゴーギャンもゴッホも聖《ひじり》麥の秋

河骨の水面を破りいでし花

根の國の岩が地を割り山清水

清貧は武門の矜持杜若

天に星地に螢火の契りあり

孤獨とは畢竟自由かたつむり

蜘蛛の囲の露に茜のさす信濃

箱枠に脚のせて蛸糶られをり

蛇に遭ひしばらく蛇の目に憑かる

海洋を負ひ逆光の日焼の子

元号の餘命いくばくく明易し

月光の弦天に張る祭笛

心臓は不眠不休ぞみどりの夜

不條理な運さへ天壽蟻地獄

汗の子の掌に鐵棒のにほひ初む

捧《ぼう》振《ふ》虫《ら》の天地なりけり捨て茶碗

天井の畫龍一吼日雷

大寺の大屋根揚羽蝶に反る

骨舐める象の葬儀やしんと灼く

失脚をしたるががんぼ掃かれける

根の國と現世つなぐ蟬の穴

今生を一切經にささぐ紙魚

立ちてまた座り歸省子待つ故郷

草引きて地にかしづけるやうに老ゆ

図書館は本の方舟夜の秋

半身を月光界におく端居

子ども病棟七夕の竹撓ふ

收斂と拡散かさね小鳥くる

百日の性根の田水落しけり

生と死は二文字で一如彼岸花

兎は瞳馬は鼻梁星月夜

原子炉は満身創痍稲光

硬球の芯の快音天高し

賞罰も褒貶もなし草の花

命にも峠ありけり流れ星

流木は海の旅人雁の秋

茸狩るゴッホの耳のごときもの

闇ありて灯火美し刈田村

心室に似たる胡桃の中の部屋

郊外へ電車の運ぶ秋灯

木枯に一途の目鼻ありにけり

鮭の死は輪廻のはじめ落葉また

火は人類《ヒト》とともに誕生寒気また

人體の最果ては足霜のこゑ

自轉車のサドルにも霜受驗塾

鯨にも船にも星の羅針あり

鳥獸のすみか無番地大枯野

落葉了へ空を戴く雑木山

羽毛にはまだ浮くちから鴨毳る

雪の露天風呂月光と入浴す

パック詰めされ寒卵らしからぬ

冬深し薬罐の滾る夜はなほ

ピアニスト指しなやかに蜜柑剝く

外界は戦争の危機檻の鷲

枠のなき自由と不安寒雀

天が蓋開けて盆地の深雪晴

現在は未來の起源冬木の芽

地球忌を指す數へ日の核時計

第二部「地上の星」

第二十一回（令和元年度）
ＮＨＫ全国俳句大会入選俳句

☆特選

火星大接近山蟻畳這ふ

神野紗希　特選　西村和子(秀作)選　髙柳克弘(佳作)選

大胆な二物衝撃の一句。畳に上がり込んだ野太い山蟻が、地球の命の代表として、大接近する火星と対峙した。火星の錆色と山蟻の赤い体が、重たく呼び合う。二者の間に意味の介在しない偶然性が、この世界の運行は人間の小さな理解をはるかに超越するのだと教えてくれている。

☆特選

人類の化石は未完天の川

高柳克弘 特選

猿人、原人、旧人、現生人類……と進化してきた人類。自分たちは進化の極地にいると思っていても、これからさらに形態が変化する可能性もある。遠い未来の博物館では、人類はどのように展示されるのだろう？「天の川」の眺めがそんな壮大な問いを誘い出す。

☆特選

天体は大きな枢渡り鳥

高野ムツオ 特選

天体とは宇宙の存在物すべてことだが、ほとんどに生命体は存在していない。地球は生命体が存在する稀有の天体。だが、いつか他の天体と同様、生命体が消える日が来る。湖沼も小さくなる一方だ。渡り鳥を仰ぎながら地球の未来を憂える。

◎秀作

萍の月夜は浮寝してゐたる　宮坂静生 選

洗硯の墨の星雲めく盥　夏井いつき・坊城俊樹 選

◎佳作

日銀の地下の金塊世は朧

高柳克弘選

白牡丹羽化のごとくに開花せり

高野ムツオ選

蓼科は諏訪の上澄み朴の花
正木ゆう子 選

カレーの香路地に満ちくる夏夕べ
片山由美子 選

高層に個室を與へられ金魚
髙柳克弘 選

夜の秋や橋にも着物にも袂

宮坂静生選

水音は渓の心音青胡桃

神野紗希選

穴に入る蛇はうすい目をしてをらん

宮坂静生選

◎入選

太陽は父月は母下萌ゆる

淡雪や檜の材馨る製材所

鏡中は常に異次元鳥雲に

啓蟄の蟄居解かるる蟲魚あり

窯の壁透く磁器燒く火みどりの夜

おぼろ夜の多肉植物カフェの窓

春暁の大地に未來ありにけり

長閑しや欠伸の河馬に巨大な齒

産土の闇はまみどり蟬生る

火焔吸ふ気球の浮かぶ青野かな

夏至の家柱の傷に日付あり

生まれでて日本國籍燕の子

抱き擧げる巨鯉きゆと哭く池普請

みちのくへなだれる銀河追ひて貨車

その血腥し瀕死の青大將

振仮名で覺える讀經夏期講座

硯海も詞海もゆたか青葉の夜

履きかけし靴下に穴巴里祭
上流と下流の格差水喧嘩
人類に魚《う》類《を》の片鱗鮑海女

血も鐵も疲勞に錆びぬ大西日

大旱や象の足めく木の根瘤

星座にも神の編み棒夜の秋

燭搖れてみたま來たまふ盂蘭盆会

波の音奏で良夜の珠算塾

縁側は老母の淨土小豆干す

秋水にむらくも流し筆洗ふ

人體は脳波の迷路いなびかり

火口湖は地球のまなこ鳥渡る

稲づまの貫入の窯徐々に冷ゆ

灯の海の點在の陸《く》地《が》鳥渡る

蟷螂の枯れてあめつち見盡くせる

初雪や根の國に鈴ふるは誰そ

壁の繪に斜光のとどく冬館

短日の納めの雪となりにけり

國境はいくさの火種寒夕焼

南北のアルプス対峙深雪晴

雪霏々と円空佛に泪跡

あらためて耳のあること初鏡

第三部「硯海の月」

第二十二回（令和二年度）
ＮＨＫ全国俳句大会入選俳句

☆特選

宇宙船めきて月夜の金魚玉

宮坂静生　特選

一人暮しか、あるいは赤ちゃん育てのさなか。ガラス鉢に映る影を突《つっ》きまわる金魚の明るさが涼味を呼ぶ。夜はお月夜。しずかに部屋中が月の光に満たされる。ことに室中の金魚鉢の華やぎは幻想を掻き立てる宇宙船だ。着想がぐっと現代風。金魚は飛行士、いつか宇宙人へ思いが及ぶ。

☆特選

硯海のやうな東京灣に月

夏井いつき　特選

「硯海」から始まる語順が実に巧みだ。なめらかに墨色の「東京湾」を俯瞰していると「月」が上ってくる。「〜に月」というシンプルな叙述の持つ映像喚起力。「月」という大きな秀語と固有名詞「東京湾」、さらに「硯海のやうな」という比喩。絶妙な言葉の質量のバランスにうっとりする。

◎秀作

春のあけぼの赤子にも草木にも

小澤　實選

小雨にも息あるやうに螢の夜

星野高士選　夏井いつき（佳作）選

◎佳作

生命の根源は水かたつむり

井上康明 選

◎入選

少年の脛伸び盛りつばめくる

きさらぎや素寒貧《すつかんぴん》の木々の幹

ふらここの子を星のみが俯瞰の夜

あめつちの旋律に乗る春の蝶

満月の厩舎に生まれ白馬の子

泣き疲れねむる八十八夜の子

日焼子の海から揚がり夕陽負ふ

衣を脱ぎ捨て月光に濡れる蛇

毛蟲にもひとにも背中地上急《せ》く

身を濯ぎ不知火《しらぬひ》海へ子を放つ蟹

草取つて取つて老母は逝き給ふ

日盛りや扉二重の美術館

再生を冀《ねが》ふ木《ミ》乃《イ》伊《ラ》や小鳥くる

死者以外みな龕《ずし》の外星月夜

月下には兵士闇には市民ゐる

言霊の辭典に宿る秋灯

神殿は裏手飾らず秋の蛇

やがてくる死までの夜長駅幾つ

進化には退化が隠れ蛇の足

體内に破骨と骨芽蓮の骨

黙禱かただ目つむるか寒暮の木

いつかくる死は生の果て萩枯れる

星座負ふ野生の馬群冬岬

家族への狼煙《のろし》炭焼く山に立つ

辛の字に一足せば幸根深汁

凍瀧の水の静脈透きとほる

置けばすはあめつち生まれ鏡餅

第四部「源流」

郭公集
小熊座集

郭公集　井上康明選（平成二十七年四月号～令和三年四月号）

繼猫の存分に闇使ひきる

蒼空に大樹聳える龍太の忌

白梅の服喪の菩龍太の忌

海めざす陸地の回路雪解川

大菩薩嶺から湯屋へ雪解水

日と星は晝夜の羅針雁歸る

老父母をかかへ野焼の長子あり

薄目してこの世ありけり春霞

春はあけぼの國引きの綱いまも

霾《つちふる》や言葉一夜に千里馳す

着流しに下駄の龍太師夕櫻

目薬のやうな天泣春田打

永き日を挾み天地は二枚貝

満月が代田に鏡投じたる

五感解き放ちて蜻蛉生まれくる

ゆふぐれは火のいろ身近蕗茹でる

鬱々と血脈通ふ袋角

雨ふって天地輪廻の田植水

螢火を火のしづくとも泪とも

豪雨一燦夕空の月と蜘蛛

かたつむり存念の角藏したる

無人にて夏野と夏野つなぐ駅

鬱勃と龍太山脈夏蓬

裏富士の満月またぐ甲斐の蜘蛛

万緑や秩父は裏に甲斐を負ふ

光陰は宇宙の大河蓮見舟

夜が目を瞠《ひら》きあけぼの茄子の露

蟬と蜩に火と水の乖離あり

襲《かさね》着る小さな菩薩茗荷の子

銀漢を撓め華嚴の瀧谺

盆に入る曉けのめざめの脚しんと

水に明け暮れし百日豊の秋

色變へぬ松は骨太蛇笏の忌

この星は銀河の小駅賢治の忌

良寛の大愚は大智秋の山

悌はまぼろし秋の蚊のこゑも

函嶺は谺のうつは啄木鳥《けらつつき》

山國の星の明眸河鹿笛

ゆふぞらの楕円をなぞり鳥渡る

冠雪の北の山脈吊し柿

人の世は天地の一部時雨ふる

那須の夜や森閑といふ氷る音

寝たきりの老人が雪ふるといふ

銀灣は星座のみなと浮寝鳥

みちのくはこけしの故山山眠る

雪國や夢にくるまれ人睡る

雪嶺の肝胆は根の國にあり

笊の雪拂ひてひさぐ紅蕪

大利根は雲置く大河薺摘

太古から阿吽の天地初茜

寒鯉の官能を水封じゐる

小熊座集

高野ムツオ選（令和三年二月号〜五月号）

山碧く花に休眠打破の寒

水星に水の痕跡ヒヤシンス

奥山の陰めく雪解瀧ひとつ

天仰ぐ湖沼遍在雁帰る

閉ぢぬ目に生絹《すずし》をかぶせ雛納

鏡中は深淵外《と》には春の闇

停電の都市鷲摑み春の闇

銀漢は水のみなもと初硯

分水嶺雪夜と月夜分かちをり

掌中の珠玉の心音寒灯

人類もまた宇《う》宙《ちゆう》人《びと》寒昴

暁闇に雪國そして閨房《ねや》ありぬ

第五部「拾遺」

―各種大会、その他―

☆ＮＨＫ学園企画「飯田蛇笏・龍太のふるさと山廬への旅」二句

國《く》ン中は灯の海春の夜の壺中

春宵の壺中灯の海甲斐の國

☆ＮＨＫ学園企画「冬の陸奥に高野ムツオを訪ねて」二句

光堂よりみちのくは凍て初むる

ふる雪は飛天のみたま光堂

☆飯田蛇笏・飯田龍太　文学碑碑前祭　三句

七夕や銘硯浸けて水美《は》しき

山系に水系幾つ甲斐の秋

運筆は二の腕大事露深し

☆山梨県立文学館　蛇笏・龍太句碑　一句

駘蕩と生涯一基のみの句碑

☆日本現代詩歌文学館「俳句のつどい」一句

夜気水のやうな月下に蟬生る

照井　翠（優秀）選

☆ＮＨＫ学園生涯学習フェスティバル 笛吹市俳句大会　入選九句

燕十字に奈良は塔京は庭

風の源流に今年竹揺れてをり

みづいろの薬効きさう朝曇

会津坂下町夕日さす棗の実

桃の実の爪と紅《こう》透く袋掛

國《く》ン中は近道だらけ曼殊沙華

子規の世もいまも実結び糸瓜水

水仙のいつはりのなき花の影

双子座に四つの瞳霜くすべ

二〇一九年度「第14回角川全国俳句大賞」作品集　四十四句

木々は悉く變温木の根明く

惑星は觸れ合はぬ同朋《とも》ヒヤシンス

大海の原点は陸地雪解水

風の源流に雪解けの十戸あり

木に草に目覺めのきざし涅槃西風

殼固き春愁といふ果実あり

生と死のはざまの刹那雉子撃たる

夜櫻に山脈《やま》の気脈の通じをり

畳替へ藺の香にねむるみどりの夜

地震波は地球のノイズ蛇苺

囚はれの苦海浄土や螢籠

薬にも毒にもなるを薬狩

鬣は王者の象徴《しるし》風灼くる

天瓜粉柔肌の香とおもひけり

線状降水帯の先端蛇の舌

万緑や吊り橋を風揺らしむる

汗引きし素肌に木綿着て夜風

翅脈暗緑みちのくの蟬《せみ》骸《むくろ》

風を飼ひ馴らし風鈴賣る夜店

朱夏の灣凪ぎて落暉を抱卵す

家系絶え空地のこりぬ月見草

渓の音吹き上げ登山道の風

蜩や秘藏の壺に壺天あり

露草の瞠くやうな小さき花

啞蟬のとはの緘默敗戰忌

河口にて待機の魚影鮭颪

ヌーの群れ追ひアフリカは星飛ばす

木洩れ日に風戯るる子鹿の斑《ふ》

國ごとに異なる史観終戦日

魚影捷《すばや》き源流やもみづれる

森羅万象添《そふ》水《づ》に心耳傾ける

風摑み風を放ちて銀杏散る

籾焼く火那須の夜風に仄めける

凩や星座組めざる星の數

星座にも國にも神話除夜詣

駅伝の襷がつなぐ冬景色

火を止めし窯に貫入霜のこゑ

月明の死角に仕掛く罬罠

受精して生命躰の寒卵

灯の海の個々に人住む那須颪

甲斐の山脈《やま》信濃の國を負ひて冬

かさこそと落葉を漁りゐる夜風

みちのくの星座連帯枯木山

冬帝の廢位布告の瀧谺

その他　四十八句

大木に體内時計木の根明く

雪嶺の臨席の窓卒業歌

歴史にも轉舵期ありて鳥雲に

男体山《なんたいさん》へ跳んで茶臼岳《ちやうすだけ》の春の雷

百花みな睫毛を具へ蝶の晝

立山の裾落つ螢烏賊の灣

蠻勇に勝る臆病巣立鳥

一藝に憑かれ老鶯啼く深山

日輪に代り夜櫻照らす月

熊除けの鈴つけ山羊を放つ牧

滴りは岩の息継ぎ萡の寺

母子の語の暗号めきぬさくらんぼ

首差して引きて白鷺脚運ぶ

植ゑし田へ影投げ夕の駒ケ嶽

植ゑ了へし田を防霜の水覆ふ

椅子は地位示す象徴夏館

曳き馬の馬脚あらはな夏芝居

夜々にきて夜々歸る星夜釣舟

南溟の横隔膜ゆみなみかぜ

註、「ゆ」（古）格助「より」「から」に同じ

人類《ヒト》亡びても根の國に蟻棲める

祭にも職にも勵み盛夏なる

産卵の蟬根の國へ子を歸す

青水無月や宇宙から「地球の出」

暁紅へ早出の桃の袋掛

原罪や指の痕より桃腐《くた》す

宇宙にも及ぶ縁の世星の戀

鏡中は左右反轉敗戰日

北斗から芋の葉經由硯《すずり》水《みづ》

月高し逝く子規おくる虚子の縁

颯と村駆け抜け曼珠沙華の脚

名月や庭石ねむり深めゐる

歌麿の肉筆畫めく柘榴の実

一族の血の濃き曼珠沙華の村

人里はまた狐狸の里居待月

山は山同士存問山は秋

謀りごとめきぬ内部《うち》から籾焼く火

沿海は國の外堀渡り鳥

充電器同士の夫婦夜業せる

茶の花や身分差のなき躙り口

初雪の囁きに似て子の寝息

遺伝子の形状記憶腁直る
森林は地球の肺腑火事に病む
東京は人の密林マスク群

鮟鱇の五臓六腑を暴露さる

山脈を楯の棚田の冬田打

ころがして聴き分く生死寒蜆

天衣にもさすがのほつれ鶴來たる
渡りきて日本の鶴となりにけり

合点引水《がてんいんすい》――跋文にかえて――

著者の大学在学中に出遇った衝撃的な書物は、道元の名著として知られ、斯界からは哲学的にはかのハイデッガーをも凌ぐと評される「正法眼蔵《しょうぼうげんぞう》」であった。

その冒頭の第一巻に宇宙観にも及ぶ地球上のあらゆる物質の在りようと、その相関関係を説き、その本質を鋭く見抜いた「現成公案《げんじょうこうあん》」の巻が置かれている。

その現成公案の中で、著者が最も刺激的に影響を及ぼされた一節がある。

「人のさとりをうる、水に月のやどるがごとし。月ぬれず、水やぶれず。ひろくおほきなるひかりにてあれど、尺寸の水にやどり、全月も弥天《みてん》もくさの露にもやどり、一滴の水にもやどる。」（註、弥天とは天全体のこと）

そのダイナミックに躍動する言葉の中でもとりわけ「ひろくおほきなるひかりにてあれど、尺寸の水にやどり、全月も弥天もくさの露にもやどり、一滴の水にもやどる。」の一節こそ、著者のその後の俳句人生を決定づけた言葉であった。

天体をも含む地球上のあらゆる生命体と物質が、みな相関関係で結ばれ、大は小を含み、小また大を含みて、どれ一つといえども、この関係性の中から逸脱することなく、どれか一つを除外しても、宇宙はもちろんこの地球上に於いても何一つ成り立たないことを教えてくれる。

また、別の観点からみれば、この世界の中の「何か」が欠ければ、その世界はまことに脆弱であり、たちまち〝その支え〟を失い崩壊の危機に直面することを意味し、この世界は何一つとして欠けることなくお互いに支え合うことで成り立っていることを教えてくれている。

地球上のあらゆる現象はすべてこのカテゴリーによって成り立っていることはいうまでもない。

譬えば、肉食獣が草食獣を食べる食物連鎖も、このカテゴリーに属する現象なのであり、それこそ、善悪や好悪の問題ではない、この世界の摂理なのである。

俳句は、「時候」「天文」「地理」「生活」「行事」「動物」「植物」に区分けされるが、それもみな独立して存在するものはなく、ただ単に歳時記に於いて便宜的に分類されたことに過ぎない。

そして、その分類がそれぞれ単独の分野として存在し得るものでないことは当事者なら誰でも知っている。

どの分野も他の分野と密接にかかわり合うことでこの世界は成り立っており、その関係性の中でこそ俳句は俳句として成り立ってきたことは今更いうまでもない。

俳句を詠むということは、あらゆる生命体と物質が、お互いに支え合う関係で成り立っている「諸行無常」の世界の不可思議なる仕組みと、一切衆生すなわち、この世に生きている人間をも含めたすべての生きもの、生きとし生けるものの営みと、その実相並びに生命の躍動感を捉えるということであると著者は考えている。

この世の文芸は、小説はもちろん、すべての諸作品が作者と読者があることではじめて成立し得るものであることは論を俟たない。

その中でもとりわけ俳句はこの関係性が濃密である。俳句の場合おおかたの読者は、そのまま多くの実作者でもあるからである。

俳句はごく一部の例外を除けばその殆どが「結社制度」によって支えられている。その関係性は、師（選ぶ側）と資すなわち弟子（選ばれる側）の師弟関係の二者合一があってはじめて成り立っているのである。

そして、その関係性を実作者の立場から分析すれば、俳句作品とは、選者と作者の価値観の共有によってその生命を与えられ、選者の選から洩れた作品は生命を宿すことなくこの世から消え去るほかない運命を背負っているということになる。

また、この論を更に一歩推し進めるならば、俳句は選者と作者の「共同作品」であるという見方もできるのである。

古今東西の名句といわれる俳句の殆どは、例外なく、或る優れた選者あるいは秀でたる読み手の推奨によって名句として紹介され、それがきっかけとなってしだいに人口に膾炙されることによって、まぎれもない名句としての地位が固まってくるのであることからも、如何に最初にその契機を作った選者の「選」あるいは読み手の「評価」の役割が大きかったのかが分かる。

そのこともまた、著者は、俳句は優れた選者あるいは秀でたる読み手とその作者との「共同作品」であるということの証左であると考えるのである。

かの虚子が「選は創作なり」と言ったことはよく知られている。

この虚子の言葉をそのまま受容すればその選を経た作品はすべて虚子の創作になるということ。

虚子は、大正期の原石鼎や前田普羅、飯田蛇笏、昭和に入ると四Sといわれる秋櫻子・誓子・青畝・素十や中村草田男などに代表される若く優れた現代俳句の巨頭たちを世に輩出せしめ、今日の俳壇の隆盛の基盤を築きつつ、幾多の名句を「選は創作なり」の理念を以て屹立させた。

虚子の立場からみれば、その理念は、作品の創作ばかりか、その作家たちでさえ虚子の創作したものであったのかも知れない。

また、読み手のなかでもとりわけ名高い評論家として山本健吉の名が挙げられる。また、その健吉とともに昭和期を代表する批評眼（鑑賞眼）の持主が、すぐれた実作者でもあった飯田龍太であった。

この二人のすぐれた批評眼と鑑賞眼によって見出され、やがて斯界に知られるようになった作品も多々ある。

虚子を例にとれば、それらの多くの作品も、この二人の創作したものであるということがいえる。

要するに虚子同様に山本健吉も飯田龍太もその評論、批評、選評を通して、幾多の名立たる作品と同時に傑出した作家をも創作していたといえよう。

鑑みるに、慈に於いて、俳句は「選者、もしくは、優れた読み手（読者）と作者との共同作品」であるとする従来の著者の考え方は十全かつ完全に裏付けられるのではなかろうか。

ここでいうところの読み手（読者）には、当然その句を読み解く、あるいは読み説くだけの実力がなければならないことは必然的に要求されることである。

かくして、名句はすぐれた選者（読み手）たちの名に於いてこの世に輩出されることになる。

然るに、名句が名句として一人立ちしたときには、その契機を作った選者や評者の名前はいつしか忘却の彼方へ押しやられ、そこではじめて俳句は作者のみの名前が、その名句にとどまるのであって、それこそ名句がはじめて一人立ちできたときであろうと著者は考えるのである。

ところで、著者は、俳句を巡る家庭内の確執（いわゆるうつつをぬかすということ）による長い俳句生活の中断後、たまたまNHK全国俳句大会との邂逅の機会を得て、以来二十年以上に亘ってその場を主戦場として俳句の実作と投句に取り組んできた。

その結果をまとめたものが、三年前の平成三十年に上梓した第一句集『セントエルモの火』である。

茲に第二句集『HIGH・QUALITY』を上梓する所以は、第一句集上梓後、俄然俳句への情熱がより増して作句活動がより活発化した結果からか、以後の三年間に亘ってNHK全国俳句大会に於いて、おそらく投句数日本一多数の応募作品の中から

一、著者自身の持つ大会史上最多の六回特選の記録に更に積み重ねて、全国最多記録をみずから更新する「七回目の特選入選の新記録」

一、昨年の大会初の二年連続特選の記録を更新する「大会史上初の三年連続特選入選の新記録」

一、昨年の特選三句入選に引き続き「大会史上初の二年連続複数同時（二句）特選入選の新記録」

などの、他者からみれば垂涎の的のような成果を示すことができたからにほかならない。

このことを著者は「これみよがし」に声高に誇らしく茲に示すつもりは毛頭ない。この成果は単なる運《うん》の巡りの良さから来たことであるかも知れないのであるが、茲に敢えてこのことをお示しすることの本意は、大会に於いて多くの選者を我が師と見立て、より多くの選者との邂逅を俳句を通して懸命に求めてきたからにほかならないからなのである。

そして、俳句は選者と作者の「共同作品」であるとの日頃からの著者の観点から、特選作品に於いて、著者からみて「師資一体」の俳句の宇宙と価値観の合致からくる俳句ワールドを共有できたと思われる「選者の選評」を、深甚なる敬意を籠め乍ら、この句集にそのまま収録することが、俳句は真実選者と作者の「共同作品」として評価されるということを如実に示したかったからなのである。

俳句は「師資相承」の文芸である。

先述の「現成公案」の一節には、また次のような記述がある。これは著者の第一句集の「跋文にかえて」の中でも紹介した一文であるが、著者の俳句に於ける姿勢にも多く関わるものとして、また茲に再録するものである。

「自己をはこびて万法を修証《しゅしょう》するを迷とす、万法すすみて自己を修証するはさとりなり。」

「仏道をならふといふは、自己をならふ也。自己をならふといふは、自己をわするるなり。

自己をわするるといふは、万法に証せらるるなり。」

俳句も然り、仏道とは俳句であり、万法は選者もしくは読者（読み手）であり、自己とは作品である。そして「さとり」とは俳句への開眼である。

このことは、著者にとっては「俳句は選者との共同作品としてのみ生命を吹き籠められて存在し得るもの」であって、そのことはまさに「師資（師弟＝選者と作者）」の連携あるところに作品は俳句として生き残るものであることを示している。

いったん、おのれの手から放れた作品は、万法に証せられることで俳句としての生命を吹き込まれるのであるから、その採否は選者に積極的に委ねられるべきであろう。

しかし、一方ではその「師」さえも「資」から厳しくその選を問われていることはいうまでもない。

正法眼蔵の中で道元はこうもいう。

「資」は「師」を厳しく選ばなければならないとも。

つまり、これは俳句にも該当するのである。俳句とは選者と作者の「作品」を介しての厳しい戦いでもあるということなのである。

そして、また繰り返しいうが俳句は師資相承の文芸であるが、この原則は「結社」であろうが、大規模な「大会」であろうが実のところ変らない。ただ、違うことは、結社は主宰者かあるいは限られた範囲内の師資相承であるが、多くの選者の一堂に会しての大会では、心掛け次第で、より多くの選者との師資相承が結ばれることも可能であるということになる。

然るに、大会ではより多くの選者との作品を介しての邂逅があり、それだけ作品を通しての自由な、自在なる師資相承の縁を結ぶ機会が誰にでも訪れるという利点がある。

著者は、NHK全国俳句大会という「場」を借りて、より多くの師資相承を実現できたということだけは自負できるのである。

そして、句集を上梓するということは、今度は、その句集の中の俳句が「読者（読み手）」という「師」の前に陳列され、その評価と検証にさらされるということ。ここにもまた、句集を介しての読者との厳しい師資の関係が浮かび上ってくることになるのである。

それは、つまり、著者にとっては、選者と読者を含めて周囲のすべてが我が師であるということなのである。

著者は、甘んじてその検証を受けなければならない立場に否応なく置かれることになる。

その検証に合格してこそ、著者のそれぞれの作品は師資相承を経た完成した俳句として一人立ちできることになるのである。

その集成たる句集としてはその運命たるや何をかいわんやなのである。

この句集に於いて選者の「選評」の付されない多くの俳句作品こそ、いま、その読者との師資相承が許されるか否か戦々恐々としてその審判の時を待っているに違いないのである。

著者はそれを黙ってみているしか、ほかに手だてはないのである。

何はともあれ、いったん世に出てしまったものは、覆水盆に返らず、その行方は読者という師資相承の荒海の怒涛まかせにするほかないのである。

いまはただ、息を潜めてその荒海を眺めつつ、そこに逆巻く荒波は、さしたる実績も持たない著者の拙作には、より高く激しく厳しいものになるのではないだろうか、著者からみれば、いわばわが子のようなわが分身の幾つがその評価に耐えられるのであろうか。

しかし、それらのわが分身よりも、それ以前に著者自身がその荒波に耐えられるだけの体力があるのであろうか。

さまざまの思いがわが胸中を去来する。

いずれにしても、著者のこたびの句集はそのいわゆる師資相承の荒波を敢えて求めて厳しい荒海へ船出することになる。

そして、その荒海はまた厳しい逆風の吹きすさぶ大海でもあるに違いない。

しかし、今更その師資相承の荒海や冷たい北風や逆風を心配したところで始まらない。

なにはともあれ、たとえこたびの著書への評価が厳しいものになろうとも、たとえその船出した小舟が嵐の海で難破することになろうとも、それが厳しいものであればあるほど、そのことから謙虚に学ぶ姿勢を崩さず、真正面から真摯に向き合い、それらのことを、むしろ得難い激励の一助と捉え、厳しい評価の逆風に耐えぬくことが、おのれの次の一歩への大いなる糧となることをひたすら冀《こいねが》いつつ、この句集の上梓が更なる大空への飛翔への力強い翼になることをひそかに目指すことをいまは胸中深く希求して止まないのである。

なお、本句集の標題は、わが俳句の生まれいづる「身辺折々」に由来し、その「英文」表記は、この句集を編む原動力をお与え下さった多くの選者の方々への深甚なる敬意と、一句一句に生命を吹き入れられたもととなる「品格」ある選句への深い謝意を表明させていただくものであることを茲に銘記させていただく次第である。

最後に次なる先生方並びに関係者の皆様に御礼の言葉を申し述べたい。

こたびの第二句集上梓に際して、その資格すら危うい著者であるにもかかわらず、すぐさまご快諾を賜り、拙著に心からなる身に余る「序文」をお寄せ下さった「小熊座」主宰にして現俳壇の重鎮でもある高野ムツオ先生に深甚なる敬意と海よりも深い謝意を申し上げたい。

更にいつも乍ら、著者を力強くお励まし下さり、前著『セントエルモの火』にも懇切なる序文をお寄せ賜り、また、こたびも、「帯文」へのご温情溢れるご寄稿をお寄せ賜った「郭公」主宰井上康明先生に対しまして、まことに忸怩たる思い乍らも、これまた、深甚なる敬意と心からの感謝の意を表明させて戴く。

また、ＴＢＳテレビに於いて一般に向けて俳句の魅力を分かり易く紹介され、その普及に貢献されている夏井いつき先生には茲に特に御礼を申し上げたい。

この三年間のうち実に二回にわたり、それこそ多数の応募作品の中から著者の作品を特選にお採り下さり、丁重かつ適確なるご選評を賜った。短期間のうちに二度もとは非常に稀有のことで恐らく大会史上初のことであろう。

また、「木枯」の句の特選の際には、大会開幕の直前、ＮＨＫホールの壇上に於いて、態々その作品の作者である著者の席を探しておいで下さり、心洗われるご挨拶を頂くことができたことも全く異例のことで忘れられない貴重な体験であった。

夏井先生のその気さくなお人柄も含めて最大限の敬意と謝意をお伝えしたい。

更にまた、こたびの第二句集上梓に際し、現代俳句協会出版部長、津高里永子氏からこの句集に対して、一巻中挿入の「栞」という形態をとって、読者への手引となる丁重かつ明解なる「解説文」を頂戴することができた。

この望外のご温情に対して誠に有難きことと深く低頭するとともに、著者の今後の俳句活動への大いなるお導きと励ましのお力を賜ったものと承ると同時に、津高氏の更なるご活躍を切にご祈念申し上げることを以てその謝意としたい。

また、拙著が成ったその蔭には、ＮＨＫ全国俳句大会事務局の関係者並びに出版社飯塚書店の飯塚行男氏をはじめ多くの方々の汲み尽せないほどのお力添えがあったことにも、尽きることのない感謝の念を表明する。

就中、つねに身辺に寄り添い、公私全般にわたって苦楽を共にし著者を支え続け乍ら、その創作と執筆活動への最高の理解者として、如何なる時も、そっと背中を押しては黙って叱咤激励してくれている、現在の若き妻に対して、最大級の敬意と謝意を払いつつ、この一書の発行を以て報恩の証《あかし》としたい。

そして、これだけはこの稿の締め括りに是非触れておきたいことがある。

この句集の母胎となったＮＨＫ全国俳句大会を通して得難い生涯の師との邂逅と、多くの俳句の知己と友人を得ることができた。またこの大会を機縁として参加するようになった「みちのく岩手への旅」「山梨山廬への旅」などを通してもまた多くの俳句の友を賜った。

このような貴重な機縁を与えてくれた大会の共同主催者であるＮＨＫ並びにＮＨＫ学園の当局者に対しても、深甚なる敬意と懇ろなる謝意を茲に於いて表明させていただくと共に、その縁から得た多くの知己、俳友の方々にも、この句集発行の報告の傍ら真摯に御礼を申し上げるものである。

令和三年八月

龍　太一

☆附言 1

句集標題「HIGH・QUALITY」について

茲に特に「合点引水」より抜粋して自己喧伝との評価からその責めを免れたい。

「本句集の標題は、わが俳句の生まれいづる身辺折々つまり『俳句折亭（はいくおりてい）』に由来し、その「英文」表記は、この句集を編む原動力をお与え下さった多くの選者の方々への深甚なる敬意と、一句一句に生命を吹き入れられたもととなる「品格」ある選句への深い謝意を表明させていただくものである。」

☆附言 2

合点引水《がてんいんすい》は造語である。以下にその意図するところをお示ししたい。

◎我田引水（がでんいんすい）（自分の田にだけ水を引く意から）自分の都合のよいように説明したり考えたり、物事を運んだりすること。我が田に水を引く。

◎合点（がってん＝がてん）

①がってん（うなずくこと。承諾すること。）

②がてん（事情をよく理解すること。納得）「がてんがいく」
③（古）文書、表などに承諾、照合済みの意で、自分の名前や項目の肩にしるしをつけること。がてん。
④（古）和歌、俳諧などの批評、評価の際に優れた作品の頭部や左右の肩に丸点をつけること。がてん。批点。

〈まとめ〉

合点引水《がてんいんすい》という用語は、四字熟語である我田引水の本来の意味を踏まえ、そこに合点（がってん、またはがでん）のすべての意味を付加、合成して著者が新たに創り出した四字熟語の「造語」である。その内包する意味は以下のとおりである。

「おのれの勝手な論理の展開を卑下し、へりくだり、けんそんするという意を表わすと同時に決して巷間に阿ることのない気概を示すが、早合点《はやがてん》という意味での、自らへの皮肉と自嘲、苦笑を含まないこともない。また、句集名命名の由来（跋文にかえてを参照）にも懸かり、その英文表記を少々慙ずることをも含む」

☆附言３

冒頭の一句「青き龍天に登るを瞻《あふぎ》みる」について茲に触れておきたい。

相当に俳句に馴染み深い向きでないとこの俳句の季語は理解されないであろう。

「龍天に登る」は春の季語。〔春も半ばを過ぎると、その精気に乗じて龍が昇天するという伝承から生まれた季語〕

また、この一句は「登龍門」に通じる。

〔「龍門」は、中国の黄河中流の急流で、これを登った鯉は龍になるという言い伝えから〕

立身出世の関門。「文壇への登龍門」などという使い方がある。

――三省堂版「大辞林」より――

この一句が、右のような意気込みを少しは表わすことがあっても大方のご寛容とご寛恕を賜りたい。

☆附言４

本句集は俳句自体の文字は原則的に旧字体を用いているが、一部感覚的にそぐわない場合新字体を用いている。なお、文章については引用句を除きこの限りではない。

龍　太一（りゅう・たいち）

昭和18（1943）年　栃木県上都賀郡永野村上永野（現鹿沼市上永野）生れ。

昭和37（1962）年　3月、栃木県立栃木商業高等学校卒業。4月凸版印刷（株）経理部勤務

昭和38（1963）年　凸版印刷休職中（病気入院中）に「獺祭」主宰、細木芒角星先生に師事して俳句との邂逅を得る。（のち獺祭退会）

昭和39（1964）年　東京オリンピック開会式当日の10月10日に病院退院（病気全快）復職。

昭和46（1971）年　5年遅れて入学した駒澤大学卒業。

昭和47（1972）年　母校駒澤大学に奉職。

昭和48（1973）年頃　飯田龍太に心酔して「雲母」入会。その知遇を得る。ほどなく龍太選「作品集」での巻頭次席に推されるも、その直後、家庭内の俳句をめぐる確執により雲母退会を余儀なくされ家庭生活を優先し、俳句から離れる。

50代前半に確執から解放され雲母復帰を模索するも、時すでに遅く雲母終刊。爾来20年以上にわたりＮＨＫ全国俳句大会への投句を続ける。

平成27（2015）年　「郭公」主宰井上康明先生とＮＨＫホール壇上での邂逅の機会を得てその知遇を賜り郭公入会。雲母系列への復帰を果たして井上康明先生に師事。郭公への投句の傍らＮＨＫへの投句を継続中。

平成30（2018）年　ＮＨＫ全国俳句大会の入選句を網羅した19年間の集成第1句集『セントエルモの火』を飯塚書店より刊行（序文井上康明先生）（初版4月、第2版7月）

平成31（2019）年　2月、飯田龍太13回忌法要にて菩提寺、金富山龍安寺（曹洞宗）に詣でて焼香し、雲母系列

への復帰を報告。飯田家代々の墓地に墓参して蛇笏・龍太の墓前に香を献ずることを許され、龍太師のご長男、飯田秀實先生（山廬文化振興会理事長）との初対面の機縁を賜る。

同年3月、ＮＨＫ学園企画「飯田蛇笏・龍太のふるさと山廬への旅」にて初めて龍太師の旧居を訪問し、俳諧堂での句会に参加。

令和元（2019）年　12月、ＮＨＫ学園企画「高野ムツオと巡る岩手みちのくの旅」に参加して「小熊座」主宰高野ムツオ先生との知遇を得る。

令和2（2020）年　ＮＨＫ全国俳句大会に於いて高野ムツオ選の「特選」を得る。

同年11月の日本現代詩歌文学館（岩手県北上市）俳句の集いに投句の上、現地訪問。文学館館長高野ムツオ先生とのご縁を賜り、俳縁を深めていただいたことから同年12月「小熊座」入会。高野ムツオ先生に師事。

令和3（2021）年　11月、第2句集『ＨＩＧＨ・ＱＵＡＬＩＴＹ』（俳句折亭）を飯塚書店より刊行。

（序文 高野ムツオ先生、帯文 井上康明先生、栞 津高里永子氏）

令和3（2021）年　現在「郭公」会員「小熊座」会員　山廬文化振興会会員　日本現代詩歌文学館会員

俳人協会終身会員（令和元年度入会）　現代俳句協会会員（平成31年度入会）

以上

現住所　〒329-1577

栃木県矢板市玉田193-1

句集 HIGH・QUALITY （俳句折亭《はいくおりてい》）

令和 3 年 11 月 20 日　初版第 1 刷発行

著　者　龍　太一
装　幀　山家 由希
発行者　飯塚 行男
発行所　株式会社 飯塚書店
〒 112-0002 東京都文京区小石川 5-16-4
TEL 03-3815-3805 FAX 03-3815-3810
http://izbooks.co.jp
印　刷　日本ハイコム株式会社

 ISBN978-4-7522-5013-5 Printed in Japan

〈著者近影〉

撮 影 日　令和３年４月20日(火)
撮影場所　栃木県矢板市 名門ゴルフ場ロペ倶楽部(宿泊ホテル併設)
　　　　　正面 長屋門内竹林にて。
撮 影 者　宇都宮市 (株)ダイサン 近部伸一氏